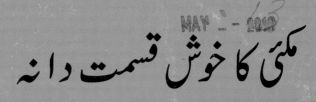

مکئی کا خوش قسمت دانہ

The lucky grain of corn

written and illustrated by **Véronique Tadjo**

Urdu translation by Gulshan Iqbal

MILET

بہت دُور جنگل کے ایک گاؤں میں
والدین نے اپنے اکلوتے بیٹے سورو،
کو مکئی کا ایک خوش قسمت دانہ دیا۔
سورو نے اسے اپنی ہتھیلی پر رکھ
کر دیکھا۔

یہ بہت چھوٹا تھا!

اس نے اسے پتھر پر رکھ دیا۔

In a village deep in the forest
Mother and Father gave
Soro, their only son,
a lucky grain of corn.
Soro held it in the palm of his hand
and looked at it.
It was so small!

He left it on a stone.

اچانک،
جھاڑیوں سے ایک پرندہ نکلا
اور اس نے خوش قسمت مکئی کا دانہ
اپنی چونچ کے ذریعے چرا لیا۔

All of a sudden,
out of the bush came a guinea fowl
who stole the lucky grain of corn
with one peck of her beak.

باپ اپنے کھیت پر کام کر رہا تھا۔

ماں بہت مصروف تھی۔

Father was working on his farm.
Mother was very busy.

سورو بھاگا اور بھاگا اور بھاگا۔

موسم بہت گرم تھا۔
وہ پسینے سے بھیگا ہوا تھا۔
اس کے پاؤں مٹی سے بھر پور تھے۔
پھر بھی وہ پرندے تک نہ پہنچ سکا،

تب :

Soro ran and ran and ran.

It was terribly hot.
He was dripping with sweat.
His feet were covered in dust.
Yet he couldn't catch up with the fowl.

Then:

سوروایک جنگل میں پہنچا
جہاں گائیں رہتی تھیں۔
انہوں نے گرمجوشی سے اس کا استقبال کیا۔
ان میں سے ایک نے کہا:
''ہمارے ساتھ چند دن تک رہو۔
آپ ہمارے دوست ہوگے
اور ہم اپنا سارا دودھ آپ کو دیں گے۔''

لیکن سورو نے کہا: ''نہیں، نہیں، نہیں،
مجھے ضرور مکئی کا خوش قسمت دانہ تلاش کرنا ہے!''
وہ بھاگا اور بھاگا اور بھاگا۔

موسم بہت گرم تھا،
وہ پسینے سے بھیگا ہوا تھا۔
اس کے پاؤں مٹی سے بھرپور تھے۔
پھر بھی وہ پرندے تک نہ پہنچ سکا۔
تب:

Soro arrived in a village
where cows lived.
They gave him a warm welcome.
One of them said:
"Stay with us for a few days.
You will be our friend
and we shall give you all our milk."

But Soro replied: "No, no, no,
I must find my lucky grain of corn!"
He ran and ran and ran.

It was terribly hot.
He was dripping with sweat.
His feet were covered in dust.
Yet he couldn't catch up with
the fowl.

Then:

سورو دوسرے گاؤں پہنچا
جو کہ خوبصورت جھونپڑیوں سے بھرپور تھا۔
لڑکے اور لڑکیاں
اکٹھے کھیل رہے تھے اور ہنس رہے تھے۔
انہوں نے ایک ساتھ مل کر کہا:
ہمارے ساتھ چند دن تک رہو،
یہاں ہم کھیل کود میں وقت گذارتے ہیں۔
گیند کو پکڑو اور ہمارے ساتھ کھیل میں شامل ہو جاؤ!''

لیکن سورو نے جواب دیا: ''نہیں، نہیں، نہیں،
مجھے ضرور مکئی کا خوش قسمت دانہ تلاش کرنا ہے!''
وہ بھاگا اور بھاگا اور بھاگا۔

Soro arrived in a second village
full of lovely little huts.
Boys and girls
were playing and laughing together.
They said with one voice:
"Stay with us for a few days.
Here we spend our time playing.
Catch the ball and join the game!"

But Soro replied: "No, no, no,
I must find my lucky grain of corn!"
He ran and ran and ran.

موسم بہت گرم تھا۔

وہ پسینے سے بھیگا ہوا تھا۔

اس کے پاؤں مٹی سے بھرپور تھے۔

پھر بھی وہ پرندے تک نہ پہنچ سکا۔

تب :

It was terribly hot.
He was dripping with sweat.
His feet were covered in dust.
Yet he couldn't catch up with
the fowl.

Then:

سورو تیسرے گاؤں پہنچا۔
کچھ بزرگ
جن کی سفید داڑھیاں تھیں
آم کے درخت کے سائے میں بیٹھے باتیں کر رہے تھے۔
ان میں سے ایک نے اسے بیٹھنے کو کہا
اور خوبصورت کہانی سنائی۔
اس کے آخیر میں، اس نے کہا:
''ہمارے ساتھ چند روز تک رہو۔
ہمیں بہت سی کہانیاں آتی ہیں
جو کہ ہم تمہیں بتائیں گے
کہ کیسے تم ایک عقلمند لڑکے بن سکتے ہو۔''

لیکن سورو کھڑا ہو گیا
اور کہا: نہیں، نہیں، نہیں،
مجھے ضرور مکئی کا خوش قسمت دانہ تلاش کرنا ہے!''

Soro arrived in a third village.
A group of elders
with long white beards were chatting
in the shade of a big mango tree.
One of them asked him to sit down
and told him a beautiful story.
At the end of it, he said:
“Stay with us for a few days.
We know lots of tales
and we shall teach you
how to become a wise boy.”

But Soro stood up
and replied: “No, no, no,
I must find my lucky grain of corn!”

وہ بھاگا اور بھاگا اور بھاگا۔

موسم بہت گرم تھا۔

وہ پسینے سے بھیگا ہوا تھا۔

اس کے پاؤں مٹی سے بھرپور تھے۔

پھر بھی وہ پرندے تک نہ پہنچ سکا۔

تب :

He ran and ran and ran.
It was terribly hot.
He was dripping with sweat.
His feet were covered in dust.
Yet he couldn't catch up with
the fowl.

Then:

وہ پرندہ
اچانک اس کے راستے سے گذرا۔
اس نے چھلانگ لگا کر اس کو پکڑ لیا۔
''تم نے میرا مکئی کا خوش قسمت دانہ چرایا ہے۔''
اس نے چلا کر کہا۔
''مجھے فوراً واپس کر دو!''

لیکن پرندے نے سر ہلا کر کہا:
''مجھے بہت افسوس ہے کہ میں نے اسے نگل لیا ہے۔
اس کے بدلے میں خواہش کا اظہار کرو میں اسے پورا کروں گا!''

The guinea fowl
suddenly crossed his path.
He jumped and caught her.
"You have stolen my lucky grain of
corn," he screamed.
"Give it back to me at once!"

But the fowl shook her head and said:
"I am very sorry, I swallowed it.
In exchange, make a wish and I shall fulfil it!"

تو پھر، سورونے سوچنا شروع کیا۔
اور پھر کچھ عرصے کے بعد، اس نے کہا:
''تمام لوگ اور جانور جو ابھی تک مجھے ملے ہیں
جبکہ میں تمہارے پیچھے بھاگ رہا تھا
میرے دوست بن سکتے ہیں۔
میں انہیں دوبارہ دیکھنا چاہتا ہوں!''

اور پھر، جیسے کہ جادو کے ذریعے
ہر کوئی وہاں موجود تھا!
گائیں دودھ کے ساتھ تھیں۔
لڑکے اور لڑکیاں کھیل کے ساتھ۔
بزرگ کہانیوں کے ساتھ۔

اور وہ پرندہ
ہنسے بغیر نہ رہ سکا
ہنسی کو بالکل نہ روک سکا۔

So, Soro started thinking hard.
And after some time, he said:
"All the people and animals I met
while I was running after you
could have become my friends.
I wish I could see them again!"

And then, as if by magic,
everybody was there!
The cows with their milk.
The boys and girls with their games.
The elders with their stories.

And the guinea fowl
couldn't stop laughing.
Just couldn't stop laughing.

Other Véronique Tadjo titles by Milet:

Mamy Wata and the monster

Grandma Nana

Milet Publishing Ltd
PO Box 9916
London W14 0GS
England
Email: orders@milet.com
Website: www.milet.com

The lucky grain of corn / English – Urdu

First published in Great Britain by Milet Publishing Ltd in 2000
© Véronique Tadjo 2000
© Milet Publishing Ltd for English – Urdu 2000

ISBN 1 84059 283 4

We would like to thank Nouvelles Editions Ivoiriennes for the kind permission
to publish this dual language edition.

Designed by Catherine Tidnam and Mariette Jackson
Printed and bound in Belgium by Proost